BREVE BOSQUEJO
BIOGRÁFICO

Eduardo Borsato

BREVE BOSQUEJO BIOGRÁFICO

1ª Edição
POD

KBR
Greenville
2016

Coordenação editorial **Noga Sklar**
Editoração **KBR**
Capa **KBR**
Ilustração da capa: **"O filho pródigo", óleo sobre têmpera de Giorgio de Chirico, 1922.**

ISBN: 978-1-944608-46-0

KBR Editora Digital Ltda.
www.kbrdigital.com.br
www.facebook.com/kbrdigital
atendimento@kbrdigital.com.br
55|21|3942.4440

FIC029000 - Contos

Eduardo Borsato é teatrólogo, contista e novelista. Foi ghost-writer, redator da Rede Globo e adaptador de novelas de televisão para bolso e livro. Por dez anos, editou *house-organs* e jornais de bairro. Pela KBR, entre outros, publicou *Dedalus* e o best seller *Agnus Dei*.

Website: http://www.eduardo.borsato.nom.br/
E-mail: borsatoeduardo@gmail.com

Para Ricardo Aloysio.

Sumário

APRESENTAÇÃO

Em sua obra, Eduardo Borsato descreve paisagens e aspectos da Zona Oeste do Rio de Janeiro, de forma sintética e muito original — violência, hábitos, namoros, malícias, paixões, taras — o que o torna criador de obras peculiares e importantes para a cultura nacional, em especial quando se busca estudar e entender o cotidiano da mais conhecida cidade brasileira, capital do turismo nacional, cidade extensa, complexa, contraditória, com subúrbios intermináveis, nos quais todos podemos perder-nos, em todos os sentidos.

Mas sua literatura não se limita à descrição de fatos, paisagens, locais, em especial de um famoso subúrbio do Rio, Campo Grande, sobre o qual opina, insinua, adverte o leitor, de forma indireta, enveredando pelo fantástico e pela herança de contistas de renome mundial.

Ler, reler, buscar entender as entrelinhas e o não dito ou apenas insinuado: talvez este o segredo para melhor apreciar-se a obra de Borsato. Que nos leva, suavemente, por caminhos que vão da crua realidade ao sonho e à imaginação, que nos faz pensar que tudo aquilo ali imaginado e descrito, no fundo, é verdade.

Tudo isso pode, às vezes, ser um grande engano do leitor, vítima de mais um truque do escritor, ao molde dos grandes atores e fingidores de todos os tempos. Mas que deixa o leitor, para sempre, na dúvida, e cativado.

Ao refletir a respeito, ao buscar reler algumas linhas, só então terá a certeza de que foi fisgado, implacavelmente, pelo escritor.

Mauro Burlamaqui

-1-
BREVE BOSQUEJO BIOGRÁFICO

I

Dedé Bundão

Eduardo Borsato é genial teatrólogo, detentor de inúmeros prêmios nacionais e internacionais, autor que, com enorme facilidade, transita pelos mais variados gêneros — novela de rádio, novela de televisão, novela literária, poesia, conto, crônica, cinema —, além de orador de inegabilíssimos dotes.

Nasceu no aprazível subúrbio de Inhoaíba (em tupi, pau pequeno que desliza n'água). Veio à luz na casa 35 da rua Projetada A — Alfredo Brandão — na tranquila, próspera e acolhedora Zona Oeste do Rio de Janeiro.

Tinha sete irmãos. Com eles repartia os dois únicos cômodos de uma confortável vivenda. Seu pai era campeão de reco-reco. Fez jus ao título em acirradas disputas que chegavam a durar trinta dias e trinta noites na birosca da Nini, localizada na esquina da rua Projetada L — Danimar Diniz da Fonseca —, mais conhecida como esquina do Dedé Bundão. Sua mãe era lavadeira. Especialidade: as cuecas dos soldados do Regimento Villagran Cabrita, em Santa Cruz. Acabou gostando do cheiro da cueca de determinado cabo, foi ao quartel conhecê-lo, três dias depois com ele fugiu.

Para sustentar a família, o pai abandonou os torneios de reco-reco, passou a vender amendoim torrado sem casca nos trens da Central, no ramal de Santa Cruz. Passou também a beber e a cantar, dia e noite sem parar: "Tornei-me um ébrio, na bebida busco esquecer aquela ingrata que eu amava e que me abandonou". Cantou tanto e tanto, que o filho, fã de Agnaldo Timóteo, mas detestador de Vicente Celestino, não aguentando mais a cantoria, afogou-o num barril cheio de tinta preta Epson Stylus C42 UX, não descartável. Sem condições para sustentar os irmãos, transformou-os em churrasquinhos que passou a vender na esquina da Dedé Bundão, a três reais e cinquenta e cinco centavos cada.

Foi quando conheceu um ex-praça da Legião Estrangeira, que o aconselhou a nela se alistar. Passou a se debater em ingente e cruel dúvida. Afinal, que fazer? Continuar vendendo churrasquinho em Inhoaíba ou tornar-se intimorato legionário?

II
O Boiolão Gordo

Na birosca da Nini, Borsato e o ex-praça puseram-se a beber conhaque de Alcatrão de São João da Barra. A certa altura, o ex-praça desmunhecou, disse que se chamava Everaldo, mas na Legião era mais conhecido como Clair de Lune. E, de inopino, ameaçou quebrar na quina do balcão a garrafa de Alcatrão e cortar a carótida com o caco de vidro que sobrasse, caso ele não fosse apreciar seu *clair de lune* naquela noite mesmo. Borsato respondeu que por quinze reais apreciava o *clair de lune* de qualquer um. O outro achou muito. Borsato deixou por dez, com a garantia de ver o *clair de lune* dele pelo menos três vezes por semana, enquanto não se decidia, porque estava muito precisado de dinheiro.

Quinze dias depois, como Clair de Lune não pagasse, no auge da revolta Borsato o abandonou, desistiu da Legião Estrangeira, criou o programa Boiola Zero e, financiado pela ONG Bento XVI, fundou o restaurante popular O Boiolão Gordo, situado ao lado da birosca da Nini.

Os boiolas eram convocados pelos padres da paróquia de Inhoaíba, passavam por um programa de engorda de seis meses, depois eram comidos assados, fritos ou cozidos, no bandejão do Boiolão, a um real por refeição, com direito à sobremesa de doce de coco com abóbora, goiabada com queijo, banana prata, refresco de groselha e um cafezinho.

Aí, certo dia, Borsato recebeu a seguinte missiva:

> *Que coisa mais feia tu tá fazendo! Magina, aproveitar a pele dos boiola pra fazer sapato, cinto e bolsa e ainda ter a cara de pau de colocar aquela velha carola da Guiomar vendendo essas coisa no brechó da capelinha do Bairro São Jorge! E isso sem falar nos cabelo, que tu também vende, mas pro tal de Bonamie, e ele pega o cabelo dos pobrezinho e transforma naquelas pe-ru-cas ho-rrí-vel, pra vender na perfumaria fajuta dele, no calçadão! E tem só mais uma coisinha: tu não perdoa*

nem os dente de ouro e as dentadura que tu arranca e manda vender pros protético do Bairro do Corcundinha! Cruz credo! Tu não tem entranha, não? Mas deixa pra lá. Não tenho nada com isso, só tou comentando o que anda na boca do povo. O que eu quero mesmo é te comunicar que tou esperando um filho. E que o filho é teu. Por isso, quero me casar contigo, me amigar, sei lá, qualquer coisa, o que eu não quero é deixar meu filho sem pai, vagando aí por esse mundo afora. Se tu não quiser, fica sabendo que eu vou num programa de televisão, faço o teste do DNA e acabo com tua carreira, com o Boiolão e com o Boiola Zero. Agora, tu é que sabe. Tá em tuas mão. De quem te ama muito e nunca te esquece

Everaldo, ou Clair de Lune para os muito íntimos.

E agora? Arrostar o destino e enfrentar o exame de DNA ou reconhecer o espúrio rebento? O que fará Borsato?

III

Nega Maluca

CONTRARREGRA — Ploc, ploc, ploc (três batidas).

ONDE — Porta do quarto de Borsato, nos fundos do pé-sujo da Nini.

QUANDO — Duas horas, quarenta minutos e trinta e cinco segundos de segunda-feira.

TEMPO — Aquoso.

TEMPERATURA — 27 graus Celsius à sombra.

CONTRARREGRA — ploc, ploc, ploc, ploc (quatro batidas).

CENÁRIO — Quarto 3x4, luz rúbio-turquesa pendente do teto, espelho trincado no guarda-roupa de porta única, banheiro ao lado da entrada do pé-sujo, penico para escarradas e mijadinhas debaixo da cama, radinho de pilha sintonizado na Rádio Costa Verde, músicas antigas, bolerão cantado por Anísio Silva: "Alguém me disse que tu andas novamente, com um novo amor, toda feliz, toda contente, conheço bem tuas promessas, outras ouvi iguais a essas, este teu jeito de enganar conheço bem".

CONTRARREGRA — Toc, toc, toc, toc, toc (cinco batidas).

AÇÃO — Borsato, estremunhado, se revira na cama.

CONFLITO — De repente, a porta se escancara.

AÇÃO — Borsato dá um pulo, ergue-se. Clair de Lune entra, apertando a barriga, geme: chegou a hora me socorre a-mor-zi-nho pelo amor de Deus me socorre tou parindo ninguém ligou pra mim por isso vim aqui em hora tão imprópria mas tu é o pai quem é que eu tinha que procurar me ajuda meu amor me ajuda e Borsato então pegou o penico, Clair de Lune se sentou nele, no radinho de pilha entrou a marchinha: "tava jogando sinuca uma nega maluca me apareceu, tinha um filho no colo e dizia pro povo que o filho era meu, toma que o filho é teu, não senhor, pega o que Deus lhe deu, não senhor".

SONOPLASTIA — Ruído de descarga de privada. Clair de Lune se ergue, olha para o conteúdo do penico exclama ai meu Deus que-coi--sé-es-sa que horror e cai desmaiado na cama. Borsato pega o penico, olha dentro dele, exclama meu Deus que coisa é essa, que horror, corre até a porta, joga a coisa de dentro do penico fora, fecha a porta.

CONTRARREGRA — Ploc, ploc, ploc (três furiosas batidas).

AÇÃO — A porta se abre. Nini entra. Olha para a cama, berra porra cinco vezes, Borsato se volta, vê Clair de Lune morto, com meio copo de leite na mão direita e na mão esquerda um pacotinho vazio de chumbinho marca Ratão Zé Gordo.

CONTRARREGRA — Ploc, ploc, ploc, ploc (quatro batidas).

AÇÃO — Frenesi. Borsato e Nini se entreolham.

CONTRARREGRA — Ploc, ploc, ploc, ploc, ploc (cinco batidas).

AÇÃO — Trânsite, Borsato vai até a porta. Abre-a. Mais trânsite fica ainda diante do que se lhe apresenta. Um tempo. Silêncio pesado. Nini também vai até a porta. Igualmente trânsite, no início, sua fisionomia aos poucos se ilumina, até que ela dá enorme gargalhada. Sem se conter, berra: "Tamos ricos, meu chapa! Acertamos a quina! Taí na nossa frente o bilhete premiado!"

Por que Borsato continuava tão trânsite? E por que, ao contrário dele, Nini estava tão eufórica? E que bilhete premiado seria aquele, se eles nem tinham jogado na loteria?

IV

O rendevu

— Que porra de bilhete premiado é esse?
— Já disse. Taí, na nossa frente.
— Ela?!
— E por que não?
— Ora, porque... porque...
— Com ela, a gente vai fundar a 1ª R.A.
— O que é isso? Região Administrativa?! Tás maluca?
— Porra! Quem é que tá falando em Região Administrativa?
— Ué, você!
— Tou falando é no Rendevu das Aberrações.
— Cumé que é?!
— O primeiro de Inhoaíba, da Zona Oeste, quiçá do Brasil!

— Do Brasil?

— Todo tipo de aberração a R$1,99. A gente vai ficar rico!

— Vai?

— Duvida? Então ouve só: "Encha a pança no Boiolão e esvazie o saco no Aberração". Tem publicidade melhor? Hun? Tem?

— Sei lá...

— E a gente vai começar com ela.

— Ela?!

— Ela mesmo.

— Ah, não pode.

— Ora essa... por que não?

— É que olhando melhor, agora a gente vê que ela é até engraçadinha.

— Caolha, corcunda, desdentada e perneta?!

— Bom...

— Escutaqui. Me responde. Não tem homem que só gosta de mulherão?

— Tem.

— Pois também tem homem que só gosta de assombração. Duvida?

— Não... mas é que...

— Qualquer aleijada serve, manjou? Qualquer.

— Mas... mas...

— Só que a gente vai começar com mão de obra local. Que diabo, a gente tem que prestigiar o lugar onde mora. É ou não é?

— É... mas...

— Depois a gente aumenta o negócio. Em Santa Cruz e Campo Grande tem aleijada pra cacete.

— Tem, é?

— Não é preciso nem procurar.

— Não?

— Aliás, tu é que vai ficar encarregado disso.

— Do quê?

— Se liga, porra! De arranjar a mão de obra pro Aberrações.

— Vou?

— Mas vê lá, hein? Capricha. Nada de aberração fajuta. Olho de vidro, perna mecânica, dentadura postiça, não serve.

— Não?

— Tem que ser tudo ali, na maior moral, na maior responsa: buraco do olho, cotoco da perna, boca chupada.

— Tem?

— Então? Topas?

Encaram-se. Pausa longa. O que Borsato resolverá? O Aberrações a R$1,99 será inaugurado ou não?

V

Opereta do Aberrações

Luz feérico-alucinante sobre Alzira Caolha,
Adriana Cegueta, Olívia Surdinha e o Coro.

CANTO GERAL
Nós somos
do Aberrações
a alma, a vida,
as alucinações.

ALZIRA CAOLHA
Ai,
como é bom
ser puta aqui.
Dou de manhã,
de tarde, de noite.
Não tenho tempo
nem pra fazer xixi.

CORO
Xixi-i-i-i,
xixi-i-i-i.

LUCINHA COTÓ
Ai,
o Chico Bigode,
o Zé Vai Quem Pode,
o Jorginho Peidorreiro
não querem me largar.
Só querem saber
do trabalhinho de dedo
que eu faço neles,
com muito jeitinho,
naquele lugarzinho,
o dia inteirinho.

CORO
O dia inteirinho-ô-ô-ô
O dia inteirinho-ô-ô-ô

CEGUETA
Ai,
como é bom
o tempo todo
na cama, de pé
ou sentada
eu dar
Tateando eu vou
no escurinho ou
no claro

o pinto deles
encontrar.

CORO
Encontrar
ar-ar.

OLIVIA SURDINHA
Ai,
do som não tenho a vírgula,
não tenho o meio
nem o começo.
Mas tenho o fim.
Todos eles acabam gozando,
no meu ouvido gritando:
"Surdinha, surdinha,
tu gosta ou não gosta
de mim?"

CORO
De mi-i-i-im,
de mi-i-im.

De repente, a luz pisca-pisca. Nini, ofegan-
te, entra e diz, a voz tonitruante:
— A imagem! A imagem tá chorando! O
rendevu e o mundo tão se acabando!
Afinal, a que imagem está ela se referindo?
E por que o rendevu e o mundo se acabarão?

VI

Flashback

Três da manhã de uma madrugada chuvosa, modorrenta. Leve neblina. Borsato conversa com a Santa, na esquina da Dedé Bundão. Ninguém mais na rua. A Santa é alta, grande, tem físico de fuzileiro naval. Uma fumacinha rodeia-lhe a cabeça, à semelhança de uma auréola. Envolve-os uma musiquinha angelical.

— Bom, já que você está enchendo meu saco há mais de quinze dias, eu vou chorar.

— Legal. Era tudo o que eu queria.

— Legal, uma ova. Então você me pede pra chorar dentro de um rendevu, no meio de putos e putas, e fica tudo no vamos ver?

— Desculpa, mas eu... eu não tou entendendo...

— Tás entendendo, sim. E muito bem. Deixa de ser sacana.

— Eu?!

— Você mesmo.

— Ora, mas...

— Só pra lembrar: quando é que eu devo chorar?

— Às segundas, quartas e sextas, sempre às seis, na hora do Ângelus.

— Isso eu já tou careca de saber.

— Ora, e daí?

— Daí que não estou dizendo que vou cumprir a minha parte?

— Está.

— E a sua?

— A minha o quê?

— A sua parte, porra!

— Mas que parte?

— No trato, merda!

— Mas que trato?

— Que nós fizemos.

— Espera... espera... o trato era a senhora chorar pra santificar o Aberrações.

— Só?

— O choro santo ia fazer o Aberrações virar um lugar de alívio pra todos os males do mundo, uma espécie de igreja.

— Só?

— Eu acho que sim.

— E eu acho que você tá querendo me passar a perna.

— Não, não. Pelo amor de Deus!

— Não fala em Deus. Ele não tem nada a ver.

— É força de expressão.

— O trato foi entre mim e você. Deixa Deus fora dessa história.

— Já deixei. Mas é que esse trato...

— Qué que tem?

— É que eu... eu...

— Tou sacando. Você se esqueceu.

— Não... não é isso....

— O que é, então?

— É que eu... eu não acreditei...

— No quê?

— É que a senhora é uma santa, né?

— E daí? Você então acha que eu ia chorar sem levar nenhuma vantagem?

— Bom, é que eu não sei até onde um negão bem-dotado pode ser uma vantagem.

— É problema meu. Você não dirige um rendevu?

— Dirijo.

— Então me arranja um negão bem-dotado ou nada feito. Eu não choro.

A Santa chorou. Mas o que será que ela fez com o bem-dotado negão?

VII
O filho da puta

Mãe, tou lhe mandando essa carta porque preciso de teu conselho, nunca tive aperreação tão grande, a sinhora é que vai ter que dizer o qué que eu vou fazer, a sinhora num sabe ainda mais deixei aquela vidinha de socó, de ficar sem pouso certo, andando sempre dum lugar pra outro, sem eira nem beira, de anã carcunda de circo, um dia a gente parou num lugar eu fui comer numa birosca que cobrava um real, com direito de sobremesa de doce de coco com abóbra, goiabada com queijo, banana prata, refresco de groselha e cafezinho, a sinhora não acha baratinho?, só não tomei o refresco de groselha que sempre me deu caganeira, aí foi quando um branco azedo chamado Borsato se achegou, bateu na minha carcunda e falou assim: "anã, anãzinha, com essa carcunda e essa tamaninho tu vai enricar, nunca mais vai precisar trabalhar" e aí ele me pegou no colo e me levou prum lugar de muié da vida e eu comecei logo a dar, só naquela noite contei trinta e cinco hôme, ah, mãe, nunca fiquei tão prosa de ser anãzinha e carcundinha, fiquei mais feliz que mocó em valão cheio de merda, mas foi aí, depois de treis meis que eu descobri a disgrama, tou prenha, mãe, tou de barriga, naquele embalo de agradar tantos hôme, naquela sastifação, eu só queria saber de trepar e foi no que deu, e agora eu preciso saber o quê que eu faço, procuro ou não procuro uma fazedora de anjo, sei que a sinhora, tirante eu, teve quatorze bacurau e nunca tirou nenhum e aí...

MUDINHA: Eu acho que tu deve tirar, sim, Waldicreide. Afinal de contas, onde já se viu uma puta que pariu?

SANTA: Não faça isso. É pecado

COTÓ: Qué que tu acha, Cegueta?

CEGUETA: Pode parir. Mas tem que ter um pai.

MUDINHA– Trinta freguês por dia por três meses dá uma porrada de cara, mais de dois mil.

COTÓ: Então cumé que a gente vai descobrir o pai?

SANTA: É uma dificuldade adicional bem ponderável!

MUDINHA: Porra nenhuma! É o mais fácil!

TODAS: Fácil?!

MUDINHA: E a gente ainda pode faturar uma boa grana.

TODAS: De que jeito?

MUDINHA: A gente faz uma rifa, vende os cupom por cinquenta pratas cada, demora os restantes seis meses da gravidez pra sortear e fatura aí por baixo uns novecentos real.

SANTA: É um sacrilégio! Encontrar um pai por sorteio?!

MUDINHA: Merda! Essa santa é um porre!

SANTA: E se o parto for prematuro? Se a criança nascer de sete meses?

COTÓ: A gente bota ela numa caixa de sapato marca Samelo, tamanho infantil, e joga ela no valão do Sangue, atrás do Hospital Pedro II, em Santa Cruz.

> ...e aí, mãe, tou precisando com muita urgência de teus conselho, mãe, qué que eu faço, mãe, tou perdida, porque agora tudo quanto é hôme já sabe e todos eles só querem saber de trepar com a anãzinha carcundinha de barriga, qualquer dia desses sou capaz até de aparecer no "Fantástico", já pensou se eu tenho um par de gêmeo, qué que eu faço, mãe?
>
> Da filha que lhe pede a benção,
> Waldicreide.

| 39 |

O que aconselhará a mãe a tão desesperada filha? Afinal, o filho de uma puta tem ou não tem o direito de nascer?

VIII
No céu

Sestrosa senta-se a santa na sexta semana se-
guindo o Senhor, sem segurança de seu soli-
lóquio.

— E aí? Qué que a gente faz?

O Senhor segura seu saco, sacode-o, suspira:

— Tirante os tratados teosóficos, tirados de
teorias terminais, teremos tremores terríveis e
terminativos. Tememos por tê-los.

— Legal! Mas, Senhor, e daí?

— Daí deverei determinar determinantes
diáfanas, distantes, díspares, deveras discrepan-
tes. Decupo-as, doravante.

— Senhor, a anãzinha...

— Fica, ficará, fatalmente. Finalidade fina-
lizante. Felizardo e finalizador. Ficante e ficador.

Finalmente. Final feliz. Falta a fatalidade, felici-
tante. Finaliza-se o faço ou não faço. Felizmente.
 — Senhor, a anãzinha vai ou não vai ter o
filho?
 — Terá que tê-lo? Tencionará tê-lo? Ter-
giversará em tê-lo? Torcerá por tê-lo? Tê-lo-á?
Tola tertúlia? Tensão testicular? Torço por tes-
temunhar.
 — Senhor, nada disso eu sei. Eu só sei...
 — Saberás, ó, sim, saberás. Saberás e saberão. Saberão os senhores. Saberão os servos. Sa-
berá a senhora. Saberá o senhor. Saberão os sa-
cripantas. Saberá o sacerdote. Saberá a sacerdo-
tisa. Saberá o são. Saberá o que agoniza. Saberá
quem quer. Saberá quem não quer. Saberá quem
fizer xixi. Saberá quem fizer cocô. Saberá a velha
que tece a renda. Saberá a velha que faz tricô.
 — Porra! Mas esse povo todo vai saber o
quê?
Saberá que eu sou o pai,
saberá que eu sou a mãe.
Saberá que eu sou o sonho,
saberá que eu sou o medonho.
Saberá que eu sou a lei,
saberá que tudo poderei.
Saberá que eu sou o homem,
saberá que eu sou a mulher.
Saberá que eu sou sempre
Tudo o que eu quiser.
 — Senhor... pelo amor de Deus... não foi
isso o que eu...

— Suma, santa. Saravá.

Terá a santa aprendido todos os transcendentais ensinamentos das palavras do Senhor? E, tendo-os apreendido, como deles se utilizará?

IX

O parto

A bolsa d'água de Waldicreide se rompeu às vinte e três horas e cinquenta minutos de uma quinta-feira. Levada pelas meninas do Aberrações para o Hospital Pedro II, em Santa Cruz, foi ela imediatamente encaminhada ao moderno e bem equipado centro cirúrgico. Exatos cinco minutos depois, lá adentrou, para realizar o parto, o Dr. Albertinho Limonta. A chefe da equipe de enfermagem era Mamãe Dolores. Alto, elegante, olhos verde-alourados, bigodinho à Errol Flynn, aos doze anos Albertinho Limonta fugira de casa com um circo que se apresentava em Catanduva, sua cidade natal. Apaixonara-se pela tataravó da malabarista, uma meretriz bissexual do Bois de Boulogne, e nos portos de Adis Abeba e Marselha. Chamava-se, segundo registro no 55º Cartório de Pessoas Físicas da Província de Funchal, João de Valenciaga, filho ilegítimo de Moisés de Valenciaga e Gertrudes Del Sol Valenciaga. Iniciado nos processos mitológicos e alquímicos dos islamitas iroqueses, através dos ensinamentos chegados ao Ocidente pelas mãos do sulamita Al Zravair Bel Azagura e do sultão Dahur Damine Al Alakimeshemine, João de Valenciaga, em sua décima sexta peregrinação pelo caminho de Santiago de Compostela, encontrou, debaixo de antigo e envelhecido ingazeiro, a pedra filosofal. Costurou-a na parte interna esquerda de seu embornal e passou a absorver seus mais recônditos ensinamentos, um dos quais foi-lhe de grande valia, quando permaneceu por cem dias prisioneiro das tribos nômades no deserto de Gobi. Era o seguinte: "atirei o pau no gato-tô-tô mas o gatô-tô não morreu-reu-reu dona Chica--cá dimirou-se-sê do berrô do berrô que o gato deu, miauuuu". Mudou de sexo pela primeira vez no Gólgota, ao ouvir o último suspiro de um soldado greco-persa crucificado. Escolheu a cor azul turquesa como sua preferida e escreveu em vários papelotes os vários nomes que gostaria de adotar. Nos Cárpatos, pediu a um transeunte que sorteasse um deles e passou a se chamar Suleide. Cinquenta anos depois, trocou Suleide por Vanede e com esse nome foi a única mulher a participar da décima quinta cruzada. Em sua permanência na Rússia, sob o reinado de Ivan,

o Terrível, viveu tórrido caso de amor com Ale-
xei Alexandovich, líder de um grupo anarquista
cujo objetivo era eliminar o czar e o Estado, en-
tregando todo o poder aos camponeses, depois
de também eliminar a nobreza, a burguesia, os
anarquistas e os próprios camponeses. Tomou
conhecimento do amor de Albertinho Limonta
através de uma carta que ele, ainda estudante de
medicina na faculdade de Valença, lhe escreveu,
colocou dentro de uma garrafa de cerveja marca
Itaipava, e lançou ao mar, na Baía de Sepetiba.
Trinta anos depois, quando se banhava no mar
Cáspio, a garrafa foi-lhe ter às mãos. Comovida
pela perenidade de tamanha paixão, disfarçada
de anãzinha e utilizando o brasileiríssimo nome
de Waldicreide, incorporou-se à trupe do Mou-
lin-Moulin, circo libanês que embarcava para o
Brasil.

Waldicreide morreu durante o parto, assim como seu filho. Tão cruel desenlace deixou
desoladas as meninas do Aberrações. Diante da
sala de cirurgia, debulhavam-se em lágrimas.

— Qué que a gente vai fazer agora? Qué
que a gente vai fazer? — repetiam, desorienta-
das.

Foi quando Borsato chegou. Aproximou-
-se, a passos largos e firmes, abriu a porta da
sala, nela entrou, dizendo, a voz possante:

— Dêxa comigo, pessoal! Dêxa comigo!

O que fará Borsato? De onde tirava ele, em

tão funesto momento, tanta disposição, tanta energia, tanta determinação?

X

A revolta da santa

Pedido de demissão

*Pelo presente, venho, em caráter irre-
vogável e irretratável, solicitar meu afasta-
mento do cargo que até hoje ocupei e que,
tenho certeza, soube honrar com o que de
melhor pude dar a todos os que de meus
esforços um dia se viram dependentes, tais
como os pobres e necessitados, os centrados
e os descentrados, os arvorados e os desar-
vorados, até que, de abrupto, sem que me
fosse dado prévio conhecimento, vi minha
substituição ser promovida, no ressuscita-
mento da anãzinha Waldicreide e de seu
filho, por um sujeito do qual me recuso a
dizer o nome e por causa de quem deixo
hoje de ser uma santa e passo a ser apenas*

*uma puta. Quanto ao tal sujeitinho, que-
ro que ele fique sabendo que a vergonha é
a herança maior que meu pai me deixou,
mas enquanto houver força em meu peito
eu não quero mais nada, só vingança aos
santos clamar, você há de rolar como as pedras que rolam na estrada sem ter nunca
um cantinho de seu pra poder descansar.*

Alvíssaras – O milagre

MÉDICO: A Waldicreide e o Dalberto pas-
sam muito bem.
PUTAS: Dalberto?
MÉDICO: O anãozinho afrodescendente e
cotó, filho dela.
PUTAS: Cotó?
MÉDICO: Do braço esquerdo. E caolho.
PUTAS: Caolho?
MÉDICO: Do olho direito. E surdo.
PUTAS: Surdo?
MÉDICO: Parcialmente. E mudo.
PUTAS: Mudo?
MÉDICO: Consequência da surdez. E pa-
raplégico.
PUTAS: Paraplégico?
MÉDICO: Dos membros inferiores, claro.
Mas tenho fundadas esperanças de que, com o
tratamento que prescrevi, em quarenta ou cin-
quenta anos ele será um indivíduo inteiramente
normal.

Conseguirá mesmo Dalberto atingir a normalidade? Ou, para maior revolta ainda da Santa, Borsato terá que realizar novo milagre?

XI

A mãe, o retorno

Curriculum vitae

— Moravam aí do lado. Ela e o cabo do exército. Parece que se davam bem...

— No início.

— Ela era bonitinha, moreninha de olho azul. Se chamava Bertolina. Ele é que tinha um nome...

— Edewalgildo Diniz de Mont Pelier.

— Pois é. Logo que chegaram, tudo bem. Depois...

— Ela me corneou.

— Você que brochou.

— Entrei pra Igreja Pentecostal dos 978 Pastores dos 385 Montes do Sinai.

— E se aveadou.

— Fiz caridade.

— E me deixou na saudade.

Acabaram se separando. Ela passava os dias se lamentando:
Ai, ai.
Perereca vai pra frente,
Perereca vai pra trás
Perereca já não sabe,
Já não sabe o que faz.
Ai, perereca!
Ai, ai.

Flashforward – A Chamuscada

— Foi a melhor mina que eu já tive. Amiga, amante, companheira. Pra vida inteira.
— Mãe de quatorze filhos, com quatorze caras diferentes?
— Por isso mesmo.
— Por isso mesmo o quê?
— Quem ia querer ficar com ela? De quem ela ia ser a costela?
— Não era muito magricela?
— Diz isso quem não conhece mulher. Quem não conhece nada.
— Não chamavam ela de Chamuscada?
— Isso foi no dia que eu morri. Teve um puta choque. Caiu de cara na panela de feijão. Queimou até o olho. O esquerdo. O outro não.

Pelo telefone

O chefe de polícia

Pelo telefone
Manda me avisar
Pra um lugar no Aberrações
Logo, logo
Eu arrumar.
Sou a mãe do dono,
Ninguém pode me negar.
O chefe de polícia
Pelo telefone
Manda me avisar
Pra eu botar logo
Minha perereca para trabalhar,
Pois 14 bocas eu tenho,
Tenho que sustentar.
Por isso no Aberrações
Um lugar eu vou arrumar.
Sou a mãe do dono,
Ninguém pode me negar.

Será o currículo da mãe aprovado por Borsato? Ela será ou não será mais uma puta do Aberrações?

XII

Intermezzo romântico amoroso

— **O**h! Você não sabe a que ponto pode chegar uma tortura! Não sabe...

(*surpresa*) — Que tortura?

(*sem ouvir*) — ...o aguilhão da dúvida ...

(*leve pausa*) — Bom, às vezes também duvido.

(*surpresa*) — Também?!

— Sim, sim... e por que não?

— Mas sente os mesmos aguilhões?

— Bem...

— ...a mesma insuperável desconfiança ... o mesmo insuperável desconforto?

— Bom...

— ...o menoscabo... o mais público e notório desassossego?

— Bem... bom...

— Ai, levar dentro de si, ter dentro de si, preso no mais fundo de suas entranhas...

(*ânsia*) — O quê? O quê?

— A mais indesejável das indefinições.

— Qual?

— Aquela que condena à mais ignara, ígnea e trânsfuga situação!

— Condena?!

— Sim, sim. Ou há em seu espírito, em seu interior, alguma dúvida?

— Não, mas é que...

(*corta, firme*) — Oh! Ingratidão das ingratidões!

— Ingratidão!?

— Sim, sim. O que mais poderia ser?

— Não sei... não sei... tudo isso me leva à mais completa atonia...

— Se houve crime, houve também cumplicidade! Se houve pecado, houve também coparticipação! Se houve inominável violência, houve também inenarrável premeditação!

— Houve?!

— Mas é mister deixar bem claro que essas coisas não aconteceram sozinhas. Há mútuo compartilhamento, há mútua responsabilidade! (P/T.) Houve uma condenação sem que tivesse havido qualquer julgamento. E tal ignomínia não se pode perdoar! Jamais! É bom que todo o mundo saiba! Não se pode perdoar, repito! Jamais! Jamais!

(*aflição*) — Pelo amor de Deus, que crime tão horrendo foi cometido? Que culpa é essa, capaz de corroer tão violentamente suas tão delicadas, tão insopitáveis, tão incorruptíveis, tão retas entranhas?

Haverá a revelação de tão fundo segredo? Quem serão os responsáveis pelo crime tão horrendamente cometido? E até onde Borsato estará nele envolvido? Ou não estará?

XIII
Segunda carta de Waldicreide

Mãe, tou de novo num sufoco que por isso é que tou escrevendo de novo pra sinhora, é que num guento mais ver meu bacurau com o rabo cheio de jabá com jirimum, farinha, mocotó e carne seca e as outra criança se acabando tudo esmirradinho feito vira-bosta em tempo de estiage, a barriga roncando, os olhinho esbugalhado parecendo sagui na feira, mãe qué que eu...

MUDINHA: Porra, Waldicreide! Cumé que tu tem a coragem de encher o saco da tua velha com uma *bestera* dessas?

SANTA: Comover-se com o sofrimento das criancinhas é um grande sentimento cristão. Não é nenhuma besteira.

COTÓ: A gente pode dar jeito?

CEGUETA: Tá na cara que não.

COTÓ: Então é mesmo uma grande *bestera*.

MUDINHA: Ah! Aí é que tá!

CAOLHA: Aí é que tá o quê?

MUDINHA: É que a gente pode dar um jeito, sim.

TODAS: Pode?!

MUDINHA: Tá na cara que sim.

TODAS: Mas quem? Quem é que vai dar jeito?

MUDINHA: Nós.

TODAS: Nós?! Nós?!

MUDINHA: Escuta, vocês vão ficar aí com essa cara de besta repetindo tudo o que eu digo?

SANTA: Mas dar um jeito como?

MUDINHA: Fácil. É só usar o RCQB.

TODAS (entreolhando-se): RCQB?!

MUDINHA: É.

CAOLHA: Mas que porra é essa de RCQB?

COTÓ: É algum partido político?

CAOLHA: Se é, tou fora.

SURDINHA: Eu também. Não gosto de político.

CEGUETA: Tudo vigarista.

SANTA: Deixa ela responder, gente.

CAOLHA: Então eu repito a pergunta: que porra é essa de RCQB?

MUDINHA: É o Rendevu das Criancinhas do Nosso Querido Brasil...

SANTA: Essa não!

MUDINHA: ...que a gente vai inaugurar.

CEGUETA: Pirou de vez.

SURDINHA: Ficou biruta.

CAOLHA: Escuta, por que é que você...

COTÓ (interrompendo): Porra, pessoal... deixa ela explicar.

MUDINHA: Seguinte: em vez de mandar as garotinha pra escola, as mãe manda elas todas pra cá.

CAOLHA: Pro rendevu?!

MUDINHA: Pra onde é que podia ser?

SURDINHA: Essa eu não manjei.

SANTA: E pode-se saber o que elas virão fazer aqui?

MUDINHA: Ora, ter um treino com a gente.

COTÓ: Treino pra quê?

MUDINHA: Pra puta.

SANTA: Essa não!

CEGUETA (rindo): Taí, gostei.

CAOLHA: Peraí... peraí... deixa ver se eu entendi bem...

MUDINHA: Qué que tem pra entender? Cada uma de nós tem preferência por uma sacanagem, não tem?

SURDINHA: Eu, por exemplo, só gosto de...

SANTA (corta): Por favor... vamos evitar detalhes, sim?

MUDINHA: As garota vão ter um curso completo. Vão sair daqui tudo doutora em putaria. Vão fazer barba, cabelo e bigode nos otário.

COTÓ: Então, não vai ter mais garotinha fazendo a vida em sinal de trânsito?

CEGUETA: Tá na cara que não.

SURDINHA: Então não vai ter mais nenhum pai filho da puta transando com as filha à força?

MUDINHA: Tá na cara que não.

SURDINHA: A filha só vai dar se quiser?

MUDINHA: Tá na cara que sim.

CAOLHA: Então não vai ter mais nenhuma mãe filha da puta alugando elas pros gringos?

MUDINHA: Tá na cara que não.

SURDINHA: A filha só vai ser alugada se quiser?

MUDINHA: Tá na cara que sim.

SANTA (atônita): Mas então... então...

TODAS (explodem, cantando):
Então quem disse
que o Brasil
não tem jeito,
meu irmão?
Toda mulher
Vai virar puta,
Vamos salvar nossa nação.
A putaria, a putaria
É a nossa vocação.
Mulher nenhuma
Vai ficar mais no caritó.
Toda mulher vai dar,
Da menininha até a vó.
Viva o Brasil,

meu irmão,
O maior puteiro,
Desde o mundo a criação.

E Borsato? Concordará com o anexo RCQB
ao Aberrações?

XIV
Papo cabeça

Local indefinido. Dia ensolarado, três da tarde. Satanás e Borsato conversam. Satanás sorri, dá um tapinha nas costas de Borsato:

— Então, já que está tudo acertado...
— Peraí... peraí...
— Que foi?
— Bom...
— Alguma dúvida?
— Não... quer dizer...
— Meu Deus, que saco! Vou ter que explicar tudo de novo!?
— Bom...
— Você não matou seu pai?
— Bem...
— Infringiu o primeiro mandamento, o principal.
— O principal, é?
Satanás se emociona:

— Isso o torna praticamente... praticamente...

— Praticamente?

— Um heresiarca!

— É mesmo?

— Sabia?

— Bom...

— E os seus irmãos?

— Qué que tem?

— Transformou-os em churrasquinho. Ampliou em muito o parricídio. Você é um moderno Caim.

— Sou?

Satanás, num crescendo:

— Engravidou um boiola.

— Engravidei?

— Boiolou.

— Boiolei?

— Depois de você, qualquer um boiolará.

— Boiolará?

— Abriu um puteiro politicamente correto; favoreceu as minorias discriminadas; ressuscitou os mortos, fez uma santa virar puta, desmoralizou o Criador; abriu outro puteiro só pra menininha, institucionalizou a pedofilia.

E, quase num berro:

— Você é um verdadeiro líder, um verdadeiro condutor das massas, um verdadeiro visionário!

— Sou?

— Avançou, e muito, no tempo. Fez o movimento revolucionário avançar muito mais ainda.

— Fiz?

— Conseguiu, em Inhoaíba, um mundo planificado, uma nova ordem mundial. Ora... você... você... quer saber? Quer mesmo saber?

— Quero, né?

E Satanás, no auge do entusiasmo:

— Você matou Deus!

— Matei?

— E vai substituir o Cristo anunciado nas Escrituras!

— Vou?

— O mundo não precisará mais de um filho de Deus para salvá-lo!

— Não?

— Você vai fazer isso!

— Vou?

— Eu, o senhor das trevas, garanto.

E depois, expectante:

— Então?

E, com satânico cicio:

— Agora tá tudo certo, né?

Aceitará Borsato a proposta de Satanás? E que proposta será essa, afinal?

XV
Dor de cotovelo

Estava no rendevu, visitando o quarto das
meninas.
   Ai, que gostoso o cheiro de puta,
   rico, riquíssimo manjar,
   servido em dóceis terrinas.
   Um farfalhar, um marulhar, um arrulhar,
   maresias, cheiro de praia ou de ilhas
   foi o que de repente a mim também chegou,
   por trás, à traiçoeira,
   de um réptil a picada,
   a primeira e a derradeira.
   Voltei-me e dei de cara com ela.
   Não tinha a forma nem do criador nem da
      criatura,
   era de deus e do diabo atroz iluminura.

Mas eu a sentia como presente figura.
Dela subia intenso odor
de enxofre, de mirra, de incenso.
Ali fiquei, encarando-a,
sem saber se era herói, se era bandido,
imaginando que ela me olhava
mais para o pior, ou seja,
como um reles fodido.
E me vieram questões.
A principal: como a ela me referir
eu transido, apequenado,
num relance revendo toda a minha vida,
nela encontrando só pecado em cima de
        pecado.
Foi quando ela sorriu.
E pelo tom de seu sorrir
vi que estava perdoado por ela, por deus,
        pelo diabo.
De todas as faltas que cometi e que come-
        terei
nada paguei, nada pago, nada pagarei.
Abestalhado me quedei.
E logo, logo me vi por ela embeiçado.
Desse embeiçamento, eu lhe propus casa-
        mento.
Ela enrubesceu, deu um tremelique
e, levando consigo o cheiro de mirra, de
        enxofre, de incenso
no meio de forte vento se escafedeu.
Desse dia em diante, à mesma hora,
esteja eu perto ou distante,

vou ao quarto das meninas.
Das diletas putinhas sinto o cheirinho e o
    odor,
vejo os móveis, a cama, a cortina esvoaçan-
    te,
só não vejo o meu amor.
Às vezes penso que me apaixonei por lépi-
    do elefante,
por um tatu falante, por um peixe voador.
Seja lá como for, o qué que eu faço
pra tirar do peito essa dor?

Borsato conseguirá vencer tão áspero momento de sua vida amorosa? Superará o trauma
de ter sido desprezado por uma piranha esvoaçante? Ou se dedicará para sempre à MPB e à
poesia?

XVI

Teatro a meio vapor

Quarto de hospital em Havana. Em cena, Borsato e Fidel Castro. Borsato, à beira do leito de Fidel, chora convulsivamente. Ouve-se, em surdina, a seguinte musiquinha:

> Ó putinha esvoaçante,
> de você me esqueci.
> Vim até Cuba
> visitar o Comandante.

FIDEL (aborrecido): *Carajo! Por qué tan triste lloro, llorón?*

BORSATO: É a emoção, comandante...

FIDEL: *Caramba! Tuvieron la misma emoción Lula, Chávez, Ego Morales e tutti quanti. Basta! No me morí, todavía!*

BORSATO (controlando as lágrimas): Desculpe, meu Coman... Dante... desculpe...

FIDEL: *Qué quieres, al fin y al cabo?*

BORSATO: *Su orientación.*

FIDEL: *Sobre qué? Las flores? El cielo? El culo de tu madre? Los cojones de tu padre?*

BORSATO: Sobre política, *mi* Comandante.

Fidel, envaidecido, disfarça um sorrisinho, pigarreia, lança um olhar perdido pela janela. Pausa longa. De repente, se vê na Praça Vermelha, no alto de um palanque, como Lênin, tendo imensa multidão a seus pés. Então, como Lênin, para a multidão Fidel discursa:

FIDEL/ LENIN: *У меня сейчас нет ни большого материала, чтобы писать, ни времени.Встреча между Кубой и Соединенными Штатами по бейсболу была назначена на 8 часов утра. В это время я иногда сладко сплю. Погода помешала провед.*[1]

Pausa. Borsato tenta controlar o choro, embora as lágrimas lhe caiam, abundantes, pela face, escorrendo pelo chão, encharcando-lhe os pés, começando a inundar o quarto. O Comandante continua com o olhar perdido na vastidão da paisagem entrevista pela janela. Novo vulto, em meio ao nevoeiro do porto de Havana, se aproxima. Quem será? Fidel força os olhos. Pausa expectante. Finalmente, o vulto se revela em todo o seu esplendor: é Hitler, que, da sacada do

---

1 NE (Tradução Google): "Agora eu não tenho mais o material para escrever, não há tempo. Reunião entre Cuba e os Estados Unidos de beisebol estava marcada para 08h00. Neste momento, eu às vezes doce sono. Tempo impedido realizadas".

Reichstag, para o mundo discursa. Então, como Hitler, Fidel ao mundo também se dirige:

FIDEL/ HITLER: *Ich habe zu dem Thema etwas bei meinen letzten Reflexionen Bush, die Gesundheit und die Bildung, die ich den Kindern widmete, erwähnt und ein Beispiel zitiert. Bei diesen, die an den ersten Absolventenjahrgang der Universität für informatikwissenschaften (UCI) gerichtet sind, werde ich dieses dornige Thema etwas gründlicher behandeln.*[2]

Nova pausa. O Comandante ofega. Borsato lhe oferece um copo d'água. Fidel afasta o copo com cansado gesto, a atenção presa à terceira imagem que da janela avista. As lágrimas de Borsato a essa altura são tão abundantes que já cobrem seus tornozelos e os pés da cama. De súbito, o olhar de Fidel se ilumina. Mao Tsé-Tung aparece. E logo depois, ao lado dele, Che Guevara. Em seguida, Pol Pot. Fidel abre a boca, mas nada consegue dizer. Tonto de emoção, estende os braços para os vultos, e, à semelhança de Borsato, começa também a chorar. Engrossados, os dois choros fazem as lágrimas aumentar. Vão aumentando, aumentando, subindo pelo quarto, fazendo a cama, os móveis, Fidel, Borsato e as

---

2 NE (Tradução Google): "Eu tenho algo sobre o assunto em minhas últimas reflexões de Bush, saúde e educação, que eu dediquei aos filhos, citou e citou um exemplo. Estes, que são direcionados para a primeira turma de pós-graduação da Universidade de Ciências da Computação (UCI), eu vou lidar com esta questão espinhosa mais profundamente".

figuras boiar. E assim, boiando, Hitler e Lênin vêm às outras se juntar. Riem, amoráveis, para Fidel, Hitler delicadamente a cofiar o bigodinho, Mao a soltar arrotos disfarçadinhos, Che a posar de moto para uma foto e...

FIDEL: *Adiós, pampa mía... iós, hermanos queridos...*

Fidel estende os braços desesperadamente para tocá-los, e, mesmo boiando, quase cai da cama, Borsato ampara-o, Fidel dá alguns tremeliques, um suspiro, solta um grande pum, que sobe em forma de grande bolha através das lágrimas, estica-se, morre. Patético, Borsato fica segurando o cadáver. Os vultos desaparecem. As lágrimas vão sumindo, tudo volta a ficar seco. Borsato dá uma última olhadela no finado. O rosto de Fidel está sereno. Borsato fecha-lhe piedosamente os olhos. Não chega a sentir, em ambos os lados da testa, pequenas protuberâncias se formando, assim como também ainda não sente o leve mas firme odor de enxofre que maciamente começa a impregnar o ambiente. A musiquinha sobe ao máximo:

Ó putinha esvoaçante.
De você me esqueci.
Vim até Cuba
enterrar o Comandante.

Cai o pano, rapidíssimo.

De volta ao Brasil, e não desejando a morbidez de ficar conhecido como "o homem que viu nosso amado Fidel morrer", Borsato adotou o codinome Bocetovich, entrou para a militância do PT e doou o rendimento de todos os seus negócios para o partido.

Aceitará o PT a doação de Borsato? Até onde o Bocetovich lhe garantirá mesmo completo anonimato? Ou carregará Borsato eternamente a doce e/ou amarga cruz de ter sido o único ser humano a receber a "subida glória de cerrar para todo o sempre os olhos do sempiterno Comandante"?

XVII
O duelo

Praça do Preto Velho, centro de Inhoaíba. Cinco da tarde. Céu de faroeste. Suspense. Num extremo da praça, Bocetovich; no outro, Borsato. Ao longo da praça, à volta deles, as putas do Aberrações, os fregueses da Birosca da Nini, do Boiolão Gordo, as criancinhas do RCQV e o público em geral.

— Ai, que nervoso! Chega a estar coçando a minha pereca! — exclama Waldicreide.
E Adriana Cegueta, franzindo os olhinhos:
— Cumé que eles tão?
— Tão o quê?
— Vestidos, ora.
— Borsato tá de bota.
— Que mais?
— E suspensório.
— Que mais?
— Só.

— Só?!
— Ficou lindão!
— E o Bocetovich?
— Tá de fraldão.
— Fraldão?!
— Ginecológico.
— Só?
— Só.
— Cumé que ele ficou?
— Bundudo pra cacete.

Bocetovich e Borsato avançam, lentos, os passos cuidados, a expressão fechada, façanhuda. O suspense aumenta a um ponto insuportável. A pergunta que não quer calar: por quê?

Param. Estão agora a poucos passos um do outro. Travam então o seguinte diálogo:

BOCETOVICH
Cuando calienta el sol
aquí en la playa,
siento tu cuerpo vibrar
cerca de mí,
es tu palpitar, es tu cara, es tu pelo
son tus besos,
me estremezco,
oh oh oh!
Cuando calienta el sol!

BORSATO
Se você fosse sincera,
ô, ô, ô, ô, Aurora,

veja só que bom que era,
ô, ô, ô, ô, Aurora.
Um lindo apartamento
com porteiro e elevador
e ar refrigerado para
os dias de calor,
madame antes
do nome você teria agora,
ô. ô, ô, ô, Aurora!

BOCETOVICH
Acércate más,
y más y más,
pero mucho más,
y bésame así, así, así
como besas tú
pero besas pronto,
que te estoy queriendo,
no lo estás tú viendo,
que me estoy muriendo,
sin saberlo tú.

BORSATO
Olha a cabeleira do Zezé,
Será que ele é, será que ele é?
Será que ele é bossa nova,
será que ele é Maomé?
Parece que é transviado,
mas isso eu não sei se ele é.
Corta o cabelo dele,
corta o cabelo dele.

Calam-se. Breve intervalo. De repente, ou-vem-se dois tiros.

— Ai meu Deus! Quem matou? Quem morreu? — grita Adriana Cegueta, apertando o braço de Waldicreide.

O que responderá Waldicreide? E por que a pergunta que não quer calar não foi respondida?

XVIII

Intermezzo romântico amoroso

ELE (*agitadíssimo*): Conspurcaram-nos!

ELA: Sim, querido... sim...

ELE (*revoltado*): A que degradações nos arrastaram!

ELA (*sofredora*): Não lembre, amor... não lembre.

ELE: Como esquecer? Como?

ELA: É mister.

ELE: Eu sei, eu sei...

ELA: Então, por que torturar-se dessa maneira?

ELE: Não consigo conter-me. Não consigo.

ELA: Tente, amor... tente...

ELE: Acaso pensa que não estou tentando?

ELA: Está?

ELE: Desde ontem. Mais precisamente, desde as vinte e três horas e cinco minutos de ontem.

ELA (*pensativa*): Exatos três minutos antes de tudo acontecer.

ELE: Jamais olvidarei.

ELA: No entanto, é preciso.

ELE: Não!

ELA: É imprescindível, querido, para nosso porvir, nosso futuro.

ELE (*reagindo*): Sabe o que mais me domina neste momento? Sabe?

ELA: Não, querido... não...

ELE: A revolta.

ELA: Oh! Não, não!

ELE: A mais profunda das revoltas...

ELA: Não!

ELE: ... o desejo de vingar-me...

ELA: Não, querido... não...

ELE: ... vingar-me de todos eles... sem a menor piedade.

ELA: Amor, por Deus!

ELE: ... fazer a eles o que fizeram a nós... fazê-los pagar... infâmia contra infâmia... baixeza contra baixeza....

ELA: Dente por dente, olho por olho?

ELE: E por que não?

ELA: É que a pena de Talião já tá tão fora de moda, amor.

ELE: Que importa? Ahn? Eu a reavivarei!

ELA: Arrostará tal perigo?

ELE: Arrostarei.

ELA: E eu, querido? E eu?

ELE: Arrostá-lo-á comigo?

ELA (grande indecisão): Bem... bom...

APRESENTAÇÃO

Encaram-se. Abate-se sobre os dois profundo silêncio. O que fará ele, afinal? E ela? Arrostá-lo-á com ele ou não?

XIX

Proposta indecente

LOCAL — Monte Hira, perto de Meca.

PERSONAGENS — Borsato e Bocetovich.

AÇÃO — Sob um sol de 55 graus, os dois saltitam, alegres, de caverna em caverna. A areia incandescente aquece-lhes docemente os pés. No céu, nobres abutres circunvoluteiam, quais travessas, negríssimas borboletas. Bocetovich ergue os olhos, vê algo estranho.

— Que diabo é aquilo?

— É o profeta — responde Borsato.

— Profeta?

— O Maomé.

— Mas...

— Montado na mula Buraq, conduzida pelo Arcanjo Gabriel.

— Mas...

Buraq, com sua cabeça de anjo e rabo de pavão, pousa ao lado deles. Maomé salta. Baixo-

tinho, barrigudinho, veste um camisolão verde-
-avermelhado. Na cabeça, uma toalha magenta-
-alaranjada. Barba rala, chumacinhos pixains ao
longo das bochechas, sob o oblongo nariz. Olhos
cor de leite de camela grávida. Fixa-os em Borsato.

— Então?

A voz é de Pato Donald:

— Resolveu?

Silêncio. Bocetovich, roxo de ansiedade,
não desgruda os olhos deles. Mais adiante, o Arcanjo Gabriel alimenta Buraq com cocozinhos
de urubu, escorpiões, pulgas do deserto.

— Resolveu? — insiste Maomé.

Bocetovich não se contém:

— Resolveu o quê?

Maomé, olímpico, ignora-o.

— Não — responde Borsato, igualmente
olímpico.

— Subo a oferta — diz Maomé.

Bocetovich:

— Que oferta?

Maomé:

— Em vez de onze mil, doze mil virgens.

Bocetovich:

— Porra!

Borsato deixa os olhos correr pelo deserto.
Ao longe, um oásis, palmeiras circundando uma
piscininha, camelos, beduínos, fresca aragem,
impávidas sereias.

Maomé:

— Além de se tornar imortal, você também será um mártir.

Bocetovich:

— Porra!

— Bom... — resmunga Borsato.

Silêncio. Maomé disfarça acres peidinhos, em série de três ou quatro, que inundam o camisolão, quase o sufocam.

— Bom... — repete Borsato.

Maomé:

— Doze mil e quinhentas virgens, imortal e mártir.

E, a voz mais esganiçada ainda:

— Proposta final.

Bocetovich, sem se conter:

— Puta que pariu! Que proposta? Que proposta?

Maomé:

— Borsato vai ser nosso homem-bomba em Inhoaíba.

Silêncio. Os três se entreolham, expectantes.

Aceitará Borsato a proposta de Maomé? Será o primeiro homem-bomba da Zona Oeste? Será o primeiro homem-bomba do Rio de Janeiro? Será, quiçá, o primeiro homem-bomba do Brasil?

XX
Bocetovich, ou, a missão

Noite. Caminho em meio à lama, à chuva que, em bátegas, tolda-me a visão, os cabelos, a barba, a roupa, encharcadas. Tropeço nas poças d'água, nelas me afundo. A rua é longa, não me sei mais numa rua, numa estrada, num beco, sob mil olhares, mil insuspeitos olhares adivinhados, invisíveis. A chuva aperta, aos tropicões entro num beco, por ele sigo, ao final fúnebres entradas para outros becos, neles me perco, Minotauro desnorteado, Ulisses sem bússola, a fome das estepes geladas, esquecidas pelos deuses, os cossacos a acossar meu batalhão, os mortos, a carnificina, os infantes estropiados, intestinos expostos, vadios cães a lamber-lhes as entranhas, tropeço em crânios, decepadas cabeças, decepados braços e pernas, oh! horror, os charcos da Sibéria, da Ucrânia, de Inhoaíba, esquálidos vultos a me cercar, talvez a me apontar o caminho, talvez a tentar perder-me mais e mais, a missão de mim a se distanciar, inalcançável. Seres murmuram--me aos ouvidos, indistinta língua, indistintos sons, gemidos indistintos, gargalhadas, risos. À minha frente, nuas mulheres em noite de Shabat gemem cantigas, repetidas e repetidas por aladas figuras, as asas pontiagudas fechando-me a passagem, aos gritos, evocando outras e outras figuras, agora pequenas, as corcovas a se arrastar pela lama, pela frente dos barracos. Deles vêm gemidos de crianças, jovens, adultos, fúnebres gritos a prenunciar crescente pavor.

Os mortos revivem, do chão se alçam, cruzam por mim, dois, três, acotovelam-se em multidão, esfregam-se às paredes, quebram-se nelas, nas enlameadas ruas para além do centro de Inhoaíba, para onde o subúrbio se alastra, à beira da linha do trem na qual encontrava-me com Levy, o biscateiro, Cabriúna, o preto marrom-délavé, Geneviève, mulher de todos os homens, homem de todas as mulheres e Tetéu, o galego, retinem em minha memória, os passos nos abandonados barracões de laranja, imensos espaços, nós a nos esconder atrás dos desvãos dos caixilhos de inexistentes portas, inexistentes e arreganhadas janelas abertas para um céu irreal, infinito, no qual nos perdíamos, tudo agora sem o ruído de nossos passos, passos dados sem arremedo, sem ida, sem volta.

Silvos sobem das pedras, a missão se me avulta. Entro por um desvão, pórtico formado por dois barracos, átrio no qual figuras se esgueiram. Uma delas à minha frente se detém. Não lhe vejo claramente o rosto; adivinho-lhe, no entanto, talvez o esgar de indisfarçável escárnio, encovadas as faces, habitante das trevas, cego astrólogo das trevas suburbanas. Com cava voz, diz-me que deveria procurar o trino no uno, quando no céu se fizesse a perfeita conjunção de Saturno com Júpiter, assim se formando o perfeito Triângulo de Bikamir, eu o perceberia na voz do oitavo rei, filho do oitavo imperador, neto do oitavo vizir, bisneto da oitava maestrina do oitavo decanato dos oito descendentes de Plutão. Nesse momento, uma nave desceria diante da estátua do preto velho, dela sairia a princesa filha do nono imperador e de suas mãos seria emitido um raio que cobriria a estátua da mais divina sabedoria. Enquanto ela na praça permanecesse, ao povo seriam servidas, em pratos de cristal, sementes de lótus torradas, e, em tigelinhas de porcelana, sopa de pera verde com brotos de bambu, tâmaras recheadas com salmão cozido, ovos cozidos com molho cor de topázio e refresco de suco de melão com orvalho. Ao amanhecer, deveriam olhar para o pátio da estação da supervia, e, assim que o sol despontasse no horizonte, comer seus raios, para revitalizar por completo seus corpos. Só então a princesa reentraria na nave e voltaria para sua morada junto às estrelas.

— Acredita nisso? — resmunga uma segunda figura. E, sem esperar por minha resposta:

— O trino não está no uno, Saturno jamais terá conjunção com Júpiter, o Triângulo de Bikamir não existe, o oitavo rei não fala, não tem pai, nem avô, a maestrina já morreu e Plutão não gerou qualquer decanato. Não há nave e nenhuma princesa dela descerá sobre a imagem do preto velho. Ao povo nada será servido e tudo o que ele comer estará envenenado. E o sol jamais brilhará sobre Inhoaíba e seu povo miserável.

A primeira figura desapareceu, em seguida a segunda, e logo me vi impelido para fora do pórtico por violento, voraz vento. Tive então a mais absoluta convicção de que minha missão seria cumprida.

-2-
O BORRA-BOTAS

I
Manhã

Eram 6h00 quando Paulão acordou. A hora de sempre, os ruídos de sempre, sempre na memória as mesmas lembranças, pai, quando você se retirou, pai, de nossa vida e de nossa bem-aventurança você se ausentou, e foi assim que Paulo, Paulão, pelo bigode e pelas reticências de tudo se eximiu, ao mundo se entregou.

E a entrega, se viu, ao mundo o agregou: não bem entrega, foi uma coisa que se foi. E, indo-se, nova existência formou, pois uma nova existência não são formas do agora e o agora não é a forma do que já se findou? Pois então?

E nisso Paulão pensava e nisso se dispôs, até que o ruído da descarga da privada da avenida de quartos de fato o despertou.

— Ora, mas de onde o senhor vem?

— Da terra do faz de conta, meu bem — teve vontade de responder, mas quem naquilo haveria de crer?

Ela era a dona dos quartos, de toda a avenida, mas como poderia saber que naquele momento ele lhe entregava a sua vida?

Dona Dolores... Dolores à sua frente, o passo miudinho, à sua frente caminhava. Ai, Dolores, se pudesse, seu caminho de flores eu cobria, se pudesse eu até te amava.

Esse é o único quarto que tenho pra alugar.

— Nessa cama, Dolores, quero contigo me deitar, e por teu corpo inteirinho minha linguinha viajar: teu dentinho de ouro, as abas de teu nariz, de entre suas pernas o tesouro.

Ai, minha prenda, foi tudo isso que eu pensei, foi tudo isso que ele pensou, e foi aí que ela falou:

— O banheiro fica lá fora, no final do corredor. E no quarto não se cozinha, nem se passa café no coador.

Dolores da perna fina, do corpo sem calor, dona Dolores não era mais menina, de seu corpo vinha uma dor: a do mistério perdido, dos peitos caídos, do vestido de chita, da idade e dos olhos cheios de pudor. Era velhíssima dona Dolores. Teria sido amada, casada, onde na face cansada lembranças levaria de algum antigo, cansado amor?

Das penas que eu penei,

seu Paulão,
tem uma que não
me sai da memória.
E foi essa a que marcou
para sempre a minha história.

Aí, Dolores fez a Paulão seus relatos, gló-
rias e inglórias, fez dele sua presa. Imaginem a
cena.

II
Pai herói

— **A**i, de teus peitinhos quero ter o peso e o sabor.

E ela, de tola se fazendo:

— Eu não estou entendendo.

No quarto um bibelô, na esquina uma ironia, tudo a se passar numa noite ingrata, muito fria.

— Mas você é meu pai!

— Não discuto o bibelô nem sua idolatria. O que adianta agora discutir o Deus e sua folia?

— Não estou falando em Deus. Falo da minha agonia.

— Agonia por quê?

— Como pai, você sempre me faltou.

E a falta assim se cumpriu: ela, Dolores, do

mundo nada sabia, até que um crioulo, crioulinho sarará, lhe disse:

— Você está comigo e por Deus dará.

E ela deu, pelo mundo se desfez. Dolores, a preferida, das putas a mais querida.

— Mas no que foi que eu lhe faltei?

Ela não respondeu, calada ficou. E da roupa foi logo se desfazendo.

— Ai, filhinha, em ser seu pai não estou pensando. Quero é ter as minhas mãos as tuas coxas alisando.

— Ai, paizinho, de ser sua filha estou deixando. Quero é sua força de homem em mim entrando.

E foi assim, seu delegado, que esse monstro assombrado minha filhinha assombrou e por isso aqui estou. Quero justiça pro celerado.

Minha senhora, meia dúzia meia dúzia, noves fora.

— Ai, filhinha, de costas você vai se virar.

— Isso mais caro vai custar.

— Eu pago. Quero comer teu rabo.

Alta noite, seu doutor, em casa chegou a menina. E como gemia. Vinha tão estragada que nem andar conseguia.

Minha senhora, oito e oito, noves fora.

— Ai, pai. Tá me machucando.

— Ai, filhinha, filhinha. Tou me acabando.

Doutor, doutor, qué que eu faço desse amargor?

Minha senhora, sete e sete, noves fora.

III

Fantasmas

Paulão, presa liberta, libertada, há uma eternidade essa história ouvia, mas dela não lembrava quase nada. Dolores... De Dolores era a palavra, mas de Paulão era o que se imaginava:

— De onde vem o lobisomem, seu Paulão?

— Sei lá. Só sei que de noite ele aparece por aqui. Fica em cima do guarda-roupa, empoleirado.

— Não será a cachacinha?

— Só quando eu bebo exagerado.

— Dizem também que tem muito saci.

— Ah, por aqui e por ali.

Paulão se espreguiçou na cama, pimpão.

— E a coceirinha, seu Paulão?

— No dedão do pé? Uma delícia. Dela não abro mão.

No quarto uma bacia, melecas do nariz, um quadro de Jesus, cuecas sem matriz, um urinol e uma janela pela qual entrava, quando se quisesse, uma réstia de sol.

— E a vida, seu Paulão?

— Uma alegria. De noite, de manhã, de madrugada, de manhãzinha, de noitinha, todo dia.

IV

Dos pesares

Daqui por diante, meu senhor,
de tudo eu faço dor.
Faço dor da minha agonia,
faço dor da criança que eu era
e que afoguei numa pia.
Faço dor, meu guerreiro,
da face inchada, no fogareiro.
Faço dor, seu merdalhoco,
de minha vida devorada pouco a pouco.
Faço dor do santo,
de sua crueldade.
Se a vida não tem sentido
também não tem saudade.
Faço dor, faço dor.
Para que qualquer santidade?

EDUARDO BORSATO

V

Das alegrias

— **M**as que prazer te ver, Paulão.
    — O prazer é todo meu.

Paulão na sala se esgueirava. Era um réptil, quase nada. Seu estômago roncava. E de ronco em ronco ele perguntava, se você é tão rico por que não me dá nada?

E a conversa por aí prosseguiu:

— Mas Paulão... o que você quer...

— Ora, vá pra puta que o pariu.

Havia, acima de tudo, a humilhação. Secretária, hora marcada, cabelo vaselinado, a pancinha, todo o bem-bom pelos deuses compartilhado. Que saída encontrar? E o arroz e o feijão?

Da cara azul de Paulão uma gota de suor escorria.

— Vou pra puta que me pariu? Paulão, você é impagável.

— Ah, ah, ah — veio o sorriso.

— Ah, ah, ah — Paulão também sorriu.

E a conversa assim andava, de um lado o precisado, do outro o aquinhoado. E trocavam ideias, um pedindo, o outro sorrindo, refestelado. A sala era nobre, cadeiras e mesas de aço bem moldado. A prosa continuava, dentro do que foi explanado.

— Ah, Paulão, o que você me pede é delicado.

— Excelência, um prato de feijão. E arroz. Se for possível, um ovo estrelado.

— Vou pensar.

— Então não pensa no ovo. Está dispensado.

— O que é isso, Paulão?

— É fome, Excelência. Um peso no estômago, a boca sem saliva, toda uma intriga.

— Ah, ah, ah.

— Um palito e uma azeitona também serviam, Excelência.

— Paulão, você é uma pândega.

— Ah, ah, ah — e Sua Excelência de novo gargalhou, ao que Paulão teve vontade de retrucar:

— Eu só quero comer, Excelência. Eu não vivo de aparência.

Foi aí que a cara de Sua Excelência se fechou, como se o dito tivesse ouvido e dele não tivesse gostado. E foi então que você e eu, Paulão, diante de tanta opulência, foi então... foi então...

VI
Disse me disse

À s 8 da manhã, o passo miudinho, as pernas de caniço, Paulão, ploc-ploc, no boteco entrou, em seu cantinho se sentou.

— Cumé que é, coroa? Vai de café? Não vai de mé?

O pivete tinha cara de santo, de seus dedos escorriam notas e moedas, o butim da noite, o pranto nele untado.

Mas que veado, que maravilha. *Pobre roubando pobre, nisso meu coração é uma ilha*, pensou Paulão, e à sua frente o copo, o copinho de batida pousava, batida de limão, coada, das dádivas do céu a mais desejada.

Ah, seu moço,

de Paulão posso dizer muito pouco.
Era velho, alto, magro, de bigode,
da fala bastante rouco.

Será que com minhas perguntas o galego
atinava? A rua era reta, reta corria ao longo do
muro da ferrovia. E Paulão ali sentado, o corpo
ereto, bem postado, o rosto liso, o olhar preciso, de costas para a rua voltado, mas sem dela
perder qualquer movimento, nenhum evento, o
presente, o futuro e o passado. Só que eu olhava para ele e nada via. Que diabo de Paulão era
aquele? Uma folia?
— E aí, meu tio? Tá com calor ou tá com
frio?
— Tou andando por cima do rio.
— Que bacana, coroa.
— Tou numa boa.
— E qualé a ciência?
— Vou me encontrar com Sua Excelência.
— E daí?
— Daí que amanhã não estou mais por
aqui.
— Vai pra onde?
— Pro espaço, pro infinito, vou virar con-
de, não vou mais andar a pé, só vou andar de
bonde.

O GALEGO
Dizem, não sei,
que ele aqui chegou

porque era bandido,
de onde veio, veio corrido.

Era uma coisa, era outra, ninguém em ninguém mandava, Paulão sobre o boteco pairava,
sobre o chão encardido, o ambiente de bandido,
as merdinhas de mosca nas paredes espalhadas,
as quatro mesas, as toalhas encardidas, rasgadas.

O GALEGO
Duas filhas ele teve.
A primeira o amava,
a segunda o odiava.
A essa ele matou,
com um pedregulho
sua cabeça esmigalhou.
E à primeira
a mesma sorte reservou,
porque o crime ela testemunhou.
E pelo mundo ele saiu,
dando gargalhada,
até que achou nossa estrada.

— Ninguém sabe do que ele morreu — falou o pivete.
O galego limpava uma das mesas, cofiava
o bigode, alisava o topete e a figura de Paulão se
agigantava.
Ora por que, por que serei eu, que no dizer
de todo mundo morreu, pensava e ao seu corpo
sobrevivia, ao enterro viu e a ele compareceu.

— E daí? — disse o galego. — Quem se fodeu foi ele, não fui eu.

— Tu foi ao enterro?

— Não.

— Eu também não. Mas olhaí, ô meu, quem tem cu tem medo. Dessa merda dessa vida não se leva mesmo nada. Mais cedo ou mais tarde, como ele a gente acaba.

E os coveiros disseram:

— Será que esse cara tinha alma?

— Pobre e fodido como era? Enterrado como indigente? Alma é coisa pra nós, que somos gente.

— Mas ele andava, se coçava, respirava, cagava...

O enterro não era enterro, era uma peraltice, era para quem visse uma enorme meninice, uma arte, coisa bendisse. E assim Paulão foi sepultado e mesmo não tendo lá ido o galego me olhava, como se isso o tivesse ofendido.

— E agora, por onde andamos, seu moço? — teve vontade de perguntar.

Tinha cara de lesma, o pescoço taurino, mas era baixo, esmirrado, de corpo franzino.

— Que tanto você quer saber do Paulão? — teve de novo vontade de dizer, mas o que saberia eu responder?

— Só que de vez em quando vem a porra da tristeza — falou o pivete.

— Tristeza do quê? Paulão fazia da vida bilboquê.

E fazia mesmo, Paulão com o galego concordou. Era a minha sina. Se pudesse, entregava a minha alma a cada esquina. E fazia pouco. Ah, que vontade de ter qualquer menina. Só que minha lua era muito, muito pequenina, não dava pra segurar Deus em minha retina.

Canta sabiá,
canta sabiá
um pouquinho
pra me alegrar

E o olho de Paulão pela rua, pelas casas se perdeu. Foi quando na janela de uma delas uma velha apareceu.

É a filha de um coronel
que fugiu lá do quartel.
É a filha de um capitão
que não gostava de canhão.
Um dia com um padre dormiu
e falar dela ninguém mais ouviu.
Nove meses depois,
teve um filho perneta
com enorme cara de capeta.
O filho a ela seduziu
e com ele ela também dormiu.
Doze meses depois
uma ninhada de gatos nasceu
todos com cara de zebedeu.
E aí de novo ela foi embora

e acabou voltando só agora.
Fica dia e noite na janela.
Só que ninguém liga mais pra ela.

— Já tás numa boa, coroa? Cumé que foi o papo hoje com Sua Excelência? Ou ele te deixou sentado lá até teu cu criar dormência?
Esse garoto é uma merda, uma excrescência.
— Tu não diz nada, ô meu?
— Pois é, pastor. O Valério Vinícius me deixou aqui, sozinha. E eu sou a mãe dele, já imaginou?
— Cumé que é, coroa? Na hora, tu amarelou?
— Pros sete irmãos ele nunca ligou. Não é um bom filho da puta? Depois que virou pivete, então, a ninguém mais ele escuta.
O gole da cachaça com limão a boca de Paulão amargou.
— Mas o senhor Jesus vai tirar ele dessa, não vai, pastor? O senhor promete? Ando tão desesperada que outro dia enchi de porrada a minha filha menor, a Georgete.

E até já pensei em cortar
meu pulso com uma gilete.

PIVETE
Mãe, que besteira.

PASTOR
O senhor Jesus jamais
perdoará tamanha asneira.

MÃE
Mas cumé que eu posso
viver assim,
com a cabeça cheia de zoeira?

PIVETE
Dá um tempo, mãe.
Tou grilado com meu futuro.
Pensa comigo:
não quero pra sempre ser um favelado,
não quero pra sempre ser um fodido.

MÃE
Teu nome vai é sair
qualquer dia desses
no noticiário:
menor foi apagado com dez tiros,
porque era um otário.

PIVETE
Mãe...

MÃE
Ou tu vai ficar feito o Paulão,
dizendo que todo dia
visita Sua Excelência,
mas nunca sai da merda,

filando cachaça
e um prato de comida,
o tempo todo no boteco
do galego sentado,
sem ter nenhum outro lugar
onde botar o rabo.

PASTOR
E não é só isso.
Com dona Dolores
ele vive em pecado.

Lamúrias

Ai, é de mim que continuam falando. Mas
eu não sou mais eu, tenho um outro eu que na
conversa não está entrando.
    Ah,
o que farei de mim,
se até mesmo
já me deram um fim?
Ah,
se disso não quero
saber nada?
Ah,
como é difícil
seguir essa
estrada.
Se dela não conheço
o termo,
não é melhor

me findar por aí,
em qualquer lugar,
em qualquer ermo?
Ah,
se nem isso
for possível,
ah, meu Deus...

PASTOR
E assim ele se iguala
à categoria da qual
o senhor Jesus
pensa e fala:
maldito seja o pecador,
aquele que não terá
nada do pai,
de nosso senhor!

MÃE
Dizem que com a
própria filha
o velho dormiu,
o descarado.
Merece mesmo
ser excomungado.

E de tudo isso o galego descurava, o dedão
contando as notas, enquanto com a sombra de
Paulão conversava. Era larali, laralá, o sol subia,
punha-se a pino, descambava e a prosa corria,
até que ele compreendeu que sete cidades em

sete noites e sete dias tinha percorrido e nada de si levava, tudo lhe tinha fugido, tudo lhe tinha sido levado, tudo fora carcomido, roubado. E isso à sombra de Paulão o igualava, nisso eram irmãos, a mesma culpa compartilhavam a mesma corcova, suspiros, penas, marias e mariolas e ainda assim a vida sobre eles caía vertiginosa e a mim também impregnava, dadivosa.

VII

O enigma ou cabeça de bêbado

No disse me disse, no lero-lero, só vou-me embora quando eu quero, na cana sem rastro, no fogo das pedras da calçada uma figura diante de Paulão apareceu. E disse, e seu disse não era de rogo:

— O mundo lhe ofereço. É tudo ou nada, e sem qualquer preço. Basta me decifrar, para você sobre todas as coisas reinar.

Quem olhou para ela não a identificou e quem a olhasse não a identificaria. Não era homem, não era mulher, não tinha olhos nem pupila, sua fala era informe e em sua face não residia qualquer alegria. Além disso, no tempo mandava, o tempo para ela não era nada. Só que do nada ela se fazia, e do tudo, com enorme maestria. E a Paulão ela desafiou:

Quem foi,
quem foi que disse
que me entender
você podia?
Sua face tenho
a toda hora,
todo dia,
viva ela
ou vá-se embora.
Quem foi,
quem foi que disse
que me entender
você podia?
Seja fogo,
seja fel,
seja angústia,
seja mel,
você é minha
presa,
no almoço,
no jantar,
na sobremesa.
Quem foi,
quem foi,
quem foi que disse?
Só que livre
você pode ser.
Basta uma única
pergunta responder.
O que é que você
tem a dizer?

É tudo o que lhe proponho.
Todo o resto não passa
de sonho.

Da lua vinha um chuvisco, do corpo uma
quebreira, da rua subia o cheiro de mijo, na merda Paulão pisava mas para isso não ligava, na cabeça uma tontura, e a figura saltava à sua frente,
sobranceira. E repetia, basta me responder, basta
me responder, até que ele, cansado de tanto en-
tremeio, as costas lhe deu, pela escuridão cami-
nhou e ela, sem aceitar aquele peso, em homem,
em mulher, em menino, em menina se corpori-
ficou e sobre ele pairou. Ele então se deteve, para
ela se virou, assim falou:

Eu nada lhe pedi.
Além do mais,
do destino já conheço tudo,
do fruto seco ao fruto maduro.
E de todas as penas eu penei.
Então, o que posso lhe dizer?
Não será você nem ninguém
que vai me mostrar
da vida o vaivém.
Nem o bem-bom
nem as agruras.
De tudo tenho o visto,
de deus, do diabo,
de todas as criaturas.
Oh, vil mortal! O que fazer agora?

Não faça nada, ele respondeu, vá-se embora.

Mas, de repente, a lua, o céu, tudo desapareceu, só ficamos você, Paulão, você e eu. A cachacinha subia, ninguém se esqueça, e a noite era chuvosa, muito fria. Com você também tenho que me haver, Paulão perguntou. Eu respondi:
Tanto aqui como ali.

PAULÃO
Mas agora como ficamos?

Então a vida não amamos? — retruquei, e, de repente, mudo quedamos, a mudeza sobre tudo caindo, sobre mim, sobre a criatura, sobre a outra face de Paulão à nossa frente caminhando, trôpego, tropicando.
E o enigma, seu Paulão?

PAULÃO
Disso não sei nada, não.
Já pensou me perguntar
o que é a vida?
Sei lá.
O que é que eu posso responder?
O que eu quero é viver.

VIII

Noite

A rua era aquela
e não chegava a ser,
sequer, uma ruela.
Era, quando podia,
uma portela.
E foi nela, Paulão,
que você e eu
nos enrascamos,
foi nela, Paulão, que...

A maca era gelada, do que diziam o médico
e a enfermeira ele não entendia nada.
— Mas que merda aconteceu? — perguntou
o pivete.

PASTOR
O que merece o pecador:
ser entregue a toda dor.

MÃE
Mas, no meio disso tudo,
cumé que fica o meu menino?

PASTOR
Tenha fé, irmã,
O senhor Jesus é muito fino.

DOLORES
De Paulão não sei o preço.
Dele não conheço o fim
nem o começo.

Ai, Dolores, que assim me apunhala, era
muito melhor não ouvir sua fala. Ai, dona Dolores, com a senhora sempre contei, no que foi
que te afrontei?
Da cama ele não sai mais agora. Não ca-
minha, não anda, não vai embora, só de vez em
quando abre o olho, mas mesmo assim não en-
xerga nada, virou um trambolho. Nele tenho que
dar banho, na boca botar comida, isso lá é vida?
Ai, Dolores, então não vale nada o que até
hoje compartilhamos? O frufru do teu vestido,
seu perfume ardido, o alho na caçarola, então
tudo não passava de esmola?

GALEGO
Pensando bem,
seu moço,
ele não

era um homem,
era um mariola.

— Bota ele na enfermaria — o médico res-
mungou. E a enfermeira gargalhou:
— Em que leito? Lá não tem mais cama va-
zia.
— Então deixa ele no corredor, meu amor
— e o médico no bolso o estetoscópio guardou.
— Aplico soro?
— Fisiológico.
— 500 ml?
— De hora em hora. Controla bem pelo
relógio.
— E a fratura?
— Exposta. Não tem cura.
— Nem fazendo redução?
— Quer me dar aula de medicina, coração?
— Ele está respirando muito mal.
— Bloqueio alveolar.
— Enfisema pulmonar?
— E onde mais podia ser, meu bem? No
seu buraco de fazer neném?

EXCELÊNCIA
Por ele não posso,
em absoluto,
me responsabilizar.

Mas o senhor há de entender, no hospital
ele não pode mais ficar. Foi o seu telefone que ele

deu, dizendo que, quando tivesse alta, o senhor
dele ia cuidar.

EXCELÊNCIA
Absurdo.
Mal o conheço.
Nem tenho por ele
qualquer apreço.

PAULÃO
Ai, e foi esse só o começo.
Por que te desprezei,
horrível criatura?

Então não se lembra, Paulão? Você a despre-
zou como eu, como nós, como qualquer um faria:
por causa da cachacinha, do andaço, da noite fria...

PAULÃO
E esse preço estou pagando?

PASTOR
É o preço da falta de fé,
de quem no senhor Jesus
não acredita.

PAULÃO
Pelo amor de Deus,
Não diz tanta titica.

Também foi o que disse a criatura quando, desvairada, sobre você, Paulão, se atirou, os olhos de faísca faiscando, as mãos de garras agarrando, a voz vociferando, as patas pateando, seu derradeiro suspiro cobrando.

PAULÃO
Mas de banda eu saí.

Saiu, Paulão, só que caindo aqui e ali, nas gotas de chuva arrimo buscando, no ar se amparando, até que o chão e o anteparo lhe faltou e a negrura do despenhadeiro foi tudo o que lhe restou.

PAULÃO
Boa figura,
boa figura
eu fiz.

Sem qualquer diretriz, sem ter mais qualquer certeza. Você, Paulão, não comeu o pão, não bebeu o vinho, não lhe serviram a sobremesa.

PASTOR
O senhor Jesus
a todos quer conduzir.
Basta a senda dele
seguir.

PAULÃO
Não segui.

Não fui e não voltei.
O Deus que você tem
é um merda,
não é um rei.
Ele dá tudo
a qualquer criatura.
Mas também toma tudo,
e não permite, de permeio,
qualquer outra figura.
E a gente só percebe
o que ele quer
quando não se é
mais homem,
quando não se é
mais mulher.

E assim se deu o vitupério, aos poucos, aos pouquinhos, a você, Paulão, só restou o mistério, o mistério da ostra e do alecrim, o mistério do princípio e do fim.

IX
No dia seguinte

Era de manhã, para bem dizer de manhãzinha, e o cemitério, a cova estavam cobertos de uma névoa, garoazinha. E os coveiros cantaram:

Aqui,
aqui enterramos
todo e qualquer
otário,
independente de cor,
de sexo,
de horário.
Disso tudo temos
o rosário

E Paulão nessa coisa toda como fica, per-
guntei. Os coveiros de novo cantaram:

Foi mais um,
mais um
que enterrei,
foi mais um,
mais um
que enterramos.
Para a vida
ou para a morte
não ligamos.

Não foi o que Sua Excelência disse, o galego
retrucou, e todo mundo no bar se eriçou. Afinal
de contas, a todos ele amou, Dolores afirmou. E
Sua Excelência continuou: jamais alguém como
ele conheci, era nobre, muito nobre, embora in-
felizmente pobre. Aqui, aqui enterramos todo e
qualquer otário os coveiros de novo cantaram, e a
mãe se preocupou com o filho, querendo que ele
virasse proletário, mas nunca se deve contemplar
aquele que do senhor Jesus é o contrário, falou o
pastor, e a partir daí os coveiros se volatizaram, e
todos nós, os que dessa história participaram, até
que uma mosca no nariz do defunto pousou, nele
fez titica, nele fez futrica, nele se encastelou e o
morto se levantou, pelo mundo andou, como fez
Paulão, que para a avenida de quartos voltou, na
cama se aninhou e todo esse relato, esses fatos e
esses atos me ditou.